夜にあやまってくれ

鈴木晴香

新鋭短歌

夜にあやまってくれ

目次

I

零メートルのくちづけ　6
（おやすみ、外部）　9
夏空　16
花火は、花と火でできているんだ　22
貪欲な兎　26
はるか　31
遊園地は街にある　37
春ルート2　43
白熱灯はその下だけを照らしていた　48
しんと冷たい世界　52
例えば恵比寿の改札で　57
どうしようもない　60
こんな春は（どんな春も）初めてだから　63

II

夜にあやまってくれ —— 68
月の脱衣所 —— 74
ひとりの多数決 —— 79
問いには答えが似合うだけ —— 82
叡山電車 —— 85
乞われるままの恋をしている —— 88
お告げ —— 92
遠いというよりは静かな風景 —— 93
なんとなく秒針を眺めて —— 102
滲むのは涙のせいで、見える世界に罪はない —— 105
暗号 —— 109
ここにとどまるために私は駅に向かう —— 113
満月に触れたらきっと冷たい、そういうこと —— 117

夜がきらい。でも暗闇でしか見えないものがある――123
頰と頰――128
解説 本当でも本当じゃなくてもいい　江戸 雪――134
あとがき――140

I

零メートルのくちづけ

パンケーキショップの甘い蜂蜜の香りがしたら右に曲がって
呼び鈴を押す瞬間に玄関がわっと開いて君の手のひら

おたがいの体に等高線を引くやがて零メートルのくちづけ

春の闇乳房はすこし冷たくて柔らかいもの　指が驚く

君の手の甲にほくろがあるでしょうそれは私が飛び込んだ痕

電線に積もる夕空きみの手の乾いたところに指を触れつつ

（おやすみ、外部）

急行を山椒魚と呼んでいた頃降っていた雨の匂いだ

君が今どこかで濡れている雨がここにも降りそうで降らなくて

いくつかの携帯電話を捨ててきた来た道をまた戻れるように
綿棒を突っ込んでいる耳奥がしばらく私から遠ざかる

たまに鳴る電話の糸は緩くなり同時に話して同時に黙る

非常時に押し続ければ外部との会話ができます（おやすみ、外部）

乞うように裸足のままで受け取ったダンボール思ったより軽くて

レトルトのカレーの揺れる熱湯のどこまでもどこまでも透明

「喜びと怒りと哀しみと楽しみ」太ももに挟んだ広辞苑

庖丁の腹で胡桃の殻を割る朝の心に形がほしい

脇役の多い映画を見た後は悲しみが誰かに似てしまう

どの町も同じでなくて良いルール後ろから乗るバスが橋行く

君に会えないかも知れないかも知れないスクランブル交差点にひとり

暗号のように降り続ける夜がひかっている君、私、誰

夏空

太陽を見つめたままのひまわりが赤いリボンで縛られてゆく

君のいる街へゆっくり滑り込む先頭車両に揺れる花束

旗を振るように花束を青空へ差してまた君に出逢える夏だ

唇をつけないように流し込むペットボトルの水薄暗い

手品師が胸から鳩を生むように君に教えている花言葉

振り向けばきみも振り向く初夏のもみの木は空にいちばん近い

地下鉄のホームに過去の雨が降るコンクリートの呼吸の長さ

シャボン液から指の輪を引き抜けば私は風の入り口になる

忘れないように見ていて鏡面の中にふたりは抱き合っている

かつて火を熾していたこの両腕で君の体を引き止めること

自転車の後ろに乗ってこの街の右側だけを知っていた夏

花火は、　花と火でできているんだ

もう少し早く出会っているような世界はどこにもない世界より

太陽に向かって咲いている花に嫌気がさしている夏の午後

呼び捨ててほしいと言えば黙り込む君と今夜はサーカスを見る

水色のビーチサンダルがはつなつを笑って進む砂浜の町

空の青ではないポリバケツの中に持ち手の方が綺麗な花火

分け合った炭酸水が体液になるまで君を見送っていた

きっと君の本当の彼女もよく動くその喉仏に触れるのでしょう

貪欲な兎

貪欲な兎をゲージに飼っておくそういう罪を毎日犯す

兎には兎の餌を買ってやるその貪欲を見たいばかりに

人参を刻む音してわたくしは飼い慣らされる人間になる
鳥の名の電車の中でうたた寝をしている頬にひかり流れて

レコードに針が落ちるのを待つような痛みと知れば痛みがほしい

お祈りの時は瞼を閉じながら瞼の色を確かめていた

神様は全てを知っていることを知って怖くはないのだろうか

いつ開けたペットボトルかわからないペットボトルが何本かある

うつ伏せた鏡は床の傷跡を一晩中映しているだろう

はるか

花を買うことに理由がないように恋を束ねて片腕に抱く

夜の空　エレベーターで外を見ることが怖くてくちづけていた

近づけば近づくほどに遠ざかる触れたときから失っている
それだけで眩しいような鍵穴を撫でて指紋は濃くなってゆく

何人の恋人の手に触れたろう指を開いて掴む音階

どの駅で降りても君に会えないと発車間際の和音は告げる

調律をなくした朝はその夜が確かにあったことを教える
どちらかが始めた嘘を終わらせて少なく見積もっても明日は雨

本当の涙は頬を落ちないで瞼の中を光らせるだけ

君のいる世界に生きているなんて思えないよ　それなのに雨

君の頬に「は」と書いてみる「る」は胸に「か」は頭蓋骨に書いてあげよう

遊園地は街にある

「最近は雨も降らなくなりました、もう雨の色が、どんなだったか」

奥歯から先に世界に触れている閉じ込められた空気を飲むと

風のなか点けたマッチの火が揺れて最後に丸くなった時の色

目を開けたままの仔馬の冷たさが太腿の芯へ芯へと染みて

信号がひかりを混ぜてつくりだす新しいさざなみのさざめき

鉄柵の内に並んだ七人の小人がひとり足りない芝生

お揃いのほくろがあれば何度でも出会えるような筋書きになる

「先程の話ですけど、貘ですよ、人間の夢を食べているのは」

水玉の帽子を脱いだ道化師に涙をひとつふたつ書き足す

午前五時　朝日が非常階段を上りきるまで昨日を抱く

印刷の赤青黒がずれているチラシが届く朝焼けの中
メリーゴーラウンドに乗ってくちづけを交わせば廻り続ける夜空

春ルート2

お彼岸の花屋に集う蝶々のどれもこれもが命に見えた

教える手おしえられる手が重なってここに確かに心臓がある

くちづけをしながら告げる　人間は一度も死んだことがないのだと

唇をためらいながら見る夜にひかりは光の速さで進む

君の手が私の足の指に触れ月明かり漏れるばかりの夜に

一日が朝で終わる日　君といた時間のすべてに落ちていた月

ルート2の抜け道を行く夕暮れにどこからか恋猫の鳴き声

ビー玉をばらまくように日曜はひかりつつ中心を失う

ビル街に降る雨のうちいく粒か選んで濡らしている肩である

ビル街に立つ人のうち君だけを選んで濡らしている雨である

タクシーの扉が閉まる瞬間の音に記憶は火花のように

駅前の占星術師はこの駅ができる前からこの場所にいた

語るには言葉しかなくレシートを選んで捨てるときの寂しさ

白熱灯はその下だけを照らしていた

尾鰭から紅白の色を溶くように金魚はぬるい真水を泳ぐ

蒸し暑い宵闇に肩触れ合って白熱灯ゆれる金魚すくい

私たち悪いことをしているんだよ手持ち花火は南風に消え

きらきらと氷の上に置き去りにされた真っ赤なすももをふたつ

石段をかんかん鳴らす下駄の音　水風船の飛び跳ねる音

汗かきの太腿の裏にゆっくりと染み込むような浴衣地の藍

水槽をよぎる熱帯魚のようにゆるりと君に寄せる耳たぶ

本棚の右端にあった一冊が君の鞄に返る晩夏《おそなつ》

残像の美しい夜目を閉じた後の花火の方が大きい

しんと冷たい世界

駅前の路面に溶けてゆくだけの歌が静かに歌われる夜

街中に沈む明かりをまっすぐに歩道橋は貫いている

爪先が触れればどちらが内側かわからなくなるような恋人
吸う息のすべてが君の息であるほうほうひかる胸の輪郭
涙にはならない何か幾たびも巡り続ける電車の中で

初夏の君の笑顔に糸切り歯見えたらしんと冷たい世界

戻るならどこまで戻ればいいのだろう歯の裏を確かめるような舌

コンセント差されたままのポットには水の記憶が抱かれ続ける

永遠を切り出すように美しい桜桃に君が残した歯形

水槽を泳ぎ疲れた金魚には恋人の目の小ささを言う

小指からゆっくり握る小指からゆっくり離す風船の糸

冷たくも温かくもない雨の下ふたりは濡れてまた巡り会う

例えば恵比寿の改札で

もう一度（例えば恵比寿の改札で）振り向こうと思えば振り向ける

睫毛より少し短い秋がありコートを着てから訪れる冬

梟の羽根の奥へと手を入れて君の体はどこにもないが
転がったペットボトルの蓋ほどの偶然の行き先のその先

氷より冷たい水で洗う顔うまれる前は死んでいたのか

どうしようもない

いつか君を思わなくなる朝が来て牛乳は透明になるだろう

恋人をやめたときから君の目を眼鏡越しでしか見られなくなる

嫉妬してくださ い例えばこの雨が君に降らない雨であること

もう一度ふたりが出会う世界では君から先に私を見つけて

動き出す窓から見えるどうしようもなくどうしようもない君の顔

こんな春は（どんな春も）初めてだから

降る雪は白いというただ一点で桜ではない　君に会いたい

花を切るための鋏で君からの最後の手紙を花びらにする

コンタクト入ったままで目覚めれば君を忘れるほど白い朝

春過ぎてまた春が来てこの春は間違い探しが簡単になる

駅からの道は駅までの道になる言えないことを言えないままで
君は今きっと新しい恋をして新しくない手で触れている

II

夜にあやまってくれ

悲しいと言ってしまえばそれまでの夜なら夜にあやまってくれ

波立って赤錆びているオーロラのトタンの壁が空き地の終わり

流れたりするからじっと見ていたくなるのだろうか時なんてもの

唇のかたちが好きと言われれば月の形を忘れてしまう

三つめの砂糖は溶けて四つめは溶けないそんな境界に来て

傷ついたところからひかりが漏れて恥ずかしいとき顔を隠すの

天体に時計を合わせる人といて地球は月の妹になる

わたしたちだけに流れた時間にも鳥は羽根を落として行った

見て　こんなところにつららができている君が知らない振りをするから

囁けば喉を触ってゆく風の、声になる前がいちばんきれい

バスが来るまでは星座を見ていたい停留所から少し離れて

一日の終わりが何度も訪れて私はわたしの上に倒れる

月の脱衣所

月光は淋しく笑う　犯人を指差すような口づけだった

キスをしたあとに眼鏡がずれている君が目を伏せながら吸う息

シャワーからそのまま水を飲んでいる私もいつか精子であった

脹らはぎ縮んで見える水面のひかりの屈折率を求めよ

開かれて光ってしまう淡水魚それとも躰　月の脱衣所

鏡面に映る背骨と腰骨の間に羽の青痣を見た

糊の効いた枕に顔を押し付けて私と世界が拒み合うこと

体温を差し出すように君を抱く胸あお向けるときの小ささ

着地する姿勢で覗き込みながら寝顔に落とす影や涙や

朝露を受け取る窓の冷たさに作者不詳の手のひら触れる

ひとりの多数決

暗がりでめくっている『美術手帖』の会田誠と目が合ったまま

湿っぽい蜜柑の房を裂いているああ流氷のふくれる音だ

靴下の脱ぎ捨てられた階段のそれより上にドアのないこと

線路沿い歩けば遠い足音に日付を持たない思い出がある

一両で走る電車を風と呼ぶそう決めたひとりの多数決

問いには答えが似合うだけ

唇で歌う賛美歌なにもかも間違ってしまいそうな予感に

がたがたのトウモロコシの残骸の汝を愛することを誓います

一息で開けているツナの缶詰の底は寒いラブホテルの匂い

とてもよく似合ってますと店員がほとんど裸の人間に言う

世界など放っておいてモモレンジャーを奪い合う最終回を見る

悲しみはここにありきとロウセキを動かしている手は私の手

黙ることが答えることになる夜のコインパーキングの地平線

叡山電車

揺れながら君の寝顔に差す夕陽鼻のてっぺんから右耳へ

空席に座ればそこは太陽の指定席だと告げる光彩

しばらくは少女の枕になる肩の少し痩せていることの後悔

銀色の手すりの中にもうひとつ静かな朝が訪れている

揺れてゆれて心臓も肺もこの胸につかまって次の駅まで揺れて

大根を赤ん坊のように抱いている女の腕の脚の確かさ

複線の終着駅の看板に凭れてここは君だけの森

乞われるままの恋をしている

次々と指を開いて会わぬ日を数えれば今日、花の咲く頃

待ち合わせ場所に花屋を選ぶこと　ずるいという褒め言葉を知って

藍色の傘を回して花びらを降らせるように行く交差点

駆け引きも億劫になる花ざかり乞われるままの恋をしている

沈黙のみずうみにいる君のためドアが開くたび揺れている鈴

舌に置けばすぐに流れてゆく氷　喉の奥までこんなに熱い

震えつつ話せば声も震えつつ言葉は躰から落ちるもの

硝子戸が白い　言葉の隙間から抜け出た息を捕まえるから

お告げ

好きだって言わなくたってセックスはできるものだというお告げあり

遠いというよりは静かな風景

壁に寄りかかれば消えてゆきそうな春まだ君に出会っていない

夕まぐれ紋白蝶の鱗粉に入居者募集中のひかり

球根が目覚める朝にタイヤからゆっくり抜ける空気を思う

忘れないって言い合いながら渡りたいまだ湯気の立つ横断歩道

地下にある防空壕を見に行こう君の手はちょっとミルクの匂い

大切なことは小さな声で言う君の隣で目を閉じている

海沿いの水族館で呼吸している海沿いの生き物たちへ

Tシャツに濡れる背骨に触れながら君の人間以前を思う

夕暮れて路上の包丁売りが雪、　雪、　雪と降らせてくれた紙

打ち明ける言葉は風を手のひらで掬った中にあるから　見せて

側道を行く自転車の後輪が春の終わりを巻き込んでいる

音もなく流れる星に口笛を吹いて私は川沿いをゆく

ビル街のコンクリートに寝転べば地球は君と同じ体温

晴れた夜の天気予報は退屈な月を地球に降らせるばかり

君を抱く仕草で毛布に包まれば秋のプールの静けさの中

鳴り続く振動音が足裏をくすぐって笑い声がこぼれる

真夜中の電話は躰に良くないと君は電波を震わせて言う
今そこで眼鏡を外してみせろって電話の向こうの言うまま外す

なんとなく秒針を眺めて
水のない花瓶に詰まっている黒い空気に指を押し当ててみる
指先が空気に触れる音がするけれど何にも似ていない音

水道の水を花瓶に注ぎ込む何となく秒針を眺めて

当たり前のように重たくなる花瓶　時間はこうして重さに変わる

この水が花の形になるまでを見ているらしい窓際に蜘蛛

雨漏りが廊下の木目を狙い撃つ静かに、　それは秒針の音

まっすぐな茎に鋏の刃を当てる白い産毛をそっと倒して

夜になる　ちがう　とめどもない空に声という声が吸われてしまう

滲むのは涙のせいで、見える世界に罪はない

君の嘘が夜景のようでコンタクトレンズを外してもっと綺麗だ

欄干のそこだけ雨に濡れないで牛若丸はまだそばにいる

追憶が小さな胸を押し潰すプールの疲れのような重さに
はじめから好きではなかったかと言えばそうでもないしそうでもあった
鼓膜まで染み込むような息づかいしている君の声が聞きたい

レコードが無音を擦《こす》る冬の部屋きみの理性は美しすぎる

「使うことないと思うけどもらってよ」七日残っている定期券

読点を打ち続ける君の言葉は終わらないキスのように苦しい

眼裏にまだ君がいる真夜中に今度は私から好きと言う

この夜があの夜になる　涼風に髪の長さを気にしたりした

暗号

深い夜横断歩道を塗り替えて永遠に続く青のひかりよ

国道に標示を描く男たち止まれは時間のことではなくて

温かい弁当を待つ長椅子のだれかの体温が気持ち悪い
木の棒にアタリと書いてあることをこんなにも静かに見つめてる

かなしみという四文字の　てのひらにそれは溢れるに決まってた
暗号は解かれるために作られる夜が端っこから明るんで

流れ込む朝日の中で低音のクラクションは空にふくらむ
呼吸することさえ恋をすることの副作用だとしたらどうする

ここにとどまるために私は駅に向かう

それはまだ世界に雨が降る前のお話（挿入歌は美しい）

雑踏の中に通勤定期券　降りたことのない駅を結んで

トンネルを通過するたび現れる右の左の平行世界

準急の過ぎゆくホーム太陽はとぎれとぎれに私を叱る